Toxic
Love
Affair 2

FLOWERCHILD

Inhalt

Toxic Love Affair

Kapitel

6

Ich
konnte
gestern
kaum
schlafen.

Ver-
dammt
...

GATAN

RAPPEL

... und sie hat mich die ganze Zeit mit dem Namen ihrer verflossenen Liebe angesprochen.

Yoru.

Gestern war ich ...

... bei Sei ...

Yoru ...

Total naiv und rücksichtslos, als wäre sie ein Kind.

Yoru ...!

So konnte
sie wieder ...

... wie vor
sieben Jah-
ren sein.

Das war
schon etwas
heftig ...

SCHÄM

Uh ...

Könnte ich
ein bisschen
mehr wie du
sein?

Hmmm ...

Was für
eine Frau
bist du?

Sag mal,
Yoru ...

Ein richtig schrilles Mädchen.

Ganz anders als du.

So wie die Mädels an der Sei-ka ...

Nein, das geht gar nicht!

PLAPPER

PLAPPER

Ganz anders also?!

Piercings? Schmuck?

Trug sie den Rock so kurz, dass man schon fast den Slip sehen konnte?

Hatte sie gefärbte Haare? Wer weiß ...

ZUCK

"... Farbige Kontaktlinsen!

Ich trag jetzt ...

PUFF

So weit muss ich ja nicht gehen.

Harukiii!

SCHWANK

Und weg ist sie.

TAPP

TAPP

TAPP

Weißt du was los ist, Aya?

Sie war schon den ganzen Tag so abwesend ...

... und jetzt das!

Was ist denn mit Haruki los?

Nein ...

Wollen wir zusammen ...

Sorry!

Keine Zeit!

Puuuh ...

Tief durchatmen ...

Kuro Neu

Kannst du jetzt mit mir schreiben?

Tief durchatmen...

Haaah ...

Also ...

... ich bin ganz schön fertig mit den Nerven, weil ich echt viele Fragen habe.

Okay, los!

Ich würde dich gern sofort direkt treffen ...

... aber ich kenne dich kaum. Und nachher machst du noch ein Theater!

Nicht nur beste Freundin, beste Freundin seit ihrer Kindheit!

Ich höre zum ersten Mal davon, dass Aya eine beste Freundin hat.

Bin etwas überrascht.

Ich hatte Gelegenheit, ihren Chatverlauf zu lesen.

Aber »Internetbekanntschaft« ist ja ein echt schwammiger Begriff.

Ich hab mitbekommen, dass Aya heimlich Kontakt mit jemandem hat.

Als ich nachgefragt habe, meinte sie, dass es eine Internetbekanntschaft sei.

Ich bin ganz ehrlich: Ich hab auf Ayas Handy geschaut, als sie nicht da war.

Gelegenheit?

Aya wirkt nicht so, als könnte sie nicht auf sich selbst aufpassen.

...

Warum dachtest du, dass du so was machen müsstest?

DEPRI

... völlig überflüssig?

... das alles ...

Also war ...

Eine Frau, die eine andere Frau spüren will?

Aber was sollten dann diese Nachrichten?

Ich will d

Dich um den Vers

Ich hab mir völlig umsonst Gedanken gemacht und die andere Frau auch noch genervt!

Aya hat gerade eine neue Freundin gefunden und ich gehe dazwischen ...

Aaaaah!

Mann!

Haruki!

POCH

Heißt das ...

... ich soll es jetzt einfach gut sein lassen?

DING

DONG

Hm?

Das machst du doch sonst nicht.

Wollte nur ein bisschen allein sein und nachdenken.

Ist okay.

Ähm ...

Suchst du Streit oder so?

Auf dem Dach warst du also!

Deine Freundinnen haben auf dich gewartet, aber du schienst schon weg zu sein.

Was ist?

Ach ...

Hab mich nur gefragt, wie du deinen Rock kürzer gemacht hast.

LINS

Wie?
Meine Mutter hat ihn ändern lassen.
Aha.
Der würde dir auch stehen!
Du hast doch so schöne Beine!
Nein, nein! Ich wollte doch nur wissen, wie du ihn kürzer gemacht hast ...
Oh ja!
Wollen wir es mal ausprobieren?
Lass uns die Röcke tauschen!
Nein, danke!
Lehrmittel
Ich hab gesagt »Nein, danke«!
SST
Haben wir ein Glück! Hier ist keiner!
Ach, komm schon!
Vorhin steckte ich noch in dieser Sache ...
... und jetzt rede ich ganz normal mit Aya.
Ich hab echt Nerven aus Stahl.

Mann ...

Fühlt sich echt komisch an ...

... wenn der Rock so kurz ist.

Wow!

Ganz schön luftig um die Beine!

Und so was jeden Tag zu tra...

POFF

Ha ha ...

Vergiss es einfach!

STECH

Sorry ...

Verstehe.

FLUPP

Ah ja!

Der lange Rock steht mir überhaupt nicht.

FLUPP

Ich entziehe mich dir immer wieder ...

... mit diesen komischen Ausflüchten.

Die Länge passt besser zu mir, finde ich.

Eigentlich ...

... sollte ich mich entschuldigen.

Guten Tag, die Dame! ♥

Jepp!

Du solltest einfach dabei bleiben.

Süß!

Ganz andere Liga!

Oh!

Ein Mädchen von der Seika!

Hm? Dieses Mäd- chen ...

Von der Seika?

Oh!

... hab ich doch schon irgend- wo ...

Hey!

Ich gehe an die Seika-High-school!

Erstes Jahr.

Ich bin Rikako Mochida.

... das zu geben!

Ein Geschenk als Wiedergutmachung!

Das ist doch ... echt nicht nötig ...

Hm?

Häää?

Doch, doch! Ist nur eine kleine Aufmerksamkeit!

Es ist nichts Besonderes, aber ....

FLUPP

KRAM

Ah ...

KRAM

Ich hab nicht aufgepasst!

Tut mir leid wegen neulich!

U... Und ich heiße Aya Kaburagi ...

Ich bin heute hergekommen, um dir ...

29

POCH

Aya!

Wusste gar nicht, dass du eine Bekannte an der Seika hast.

So einen hätte ich mir nie gekauft!

Oh ... Ein Handy-Anhänger ... S... süß ...

Wenn man sich selbst was aussucht, passt es ja geschmacklich immer! Aber wenn man was geschenkt bekommt, erweitert sich manchmal der eigene Horizont!

Be...

Wir sind auf dem Schulweg zusammengestoßen ...

NERVÖS

»Bekannte« würde ich nicht sagen ...

... und dabei ist meine Brille runtergefallen und kaputtgegangen.

Und dann ...

NERVÖS

... kennen uns!

Aya-chan* und ich ...

Und dann ...

Ähm ...

verniedlichende Anrede für gute Freunde und kleine Kinder

Und du kennst doch auch meine Lehrerin Kuro- saki-sensei*!

Stimmt doch, oder nicht? ♥

*Anrede für Künstler, Lehrer, Ärzte etc

Du kennst eine Lehrerin der Seika?

Was soll das jetzt wieder ...?

Toxic Love Affair

Toxic Love Affair

-3≤X<2 würde ungefähr so aussehen und an diesem Punkt ...

Und ...

... Ungleichungen lassen sich mit einer Zahlengerade genauer darstellen.

TRÄUM

Mochida?

Mochida!

X≧5 wird zum Beispiel zu einer Senkrechten.

KRITZ

KRITZ

Oh, schon so spät?

WUPP

Ich erkläre hier die Grundlagen nur für dich!

I...

Ich hör zu, ich hör zu!

Oh!

Da kann man ...

Kurosaki-sensei!

KLAPPER

Kennen Sie schon die neue Nudelbude am Bahnhof?

Hm?!

Ich hab ganz schön Hunger.

Ähm ...

Kapitel

7

Ähm ...

Oh!

...

FLÜSTER

Haben Sie nachher Zeit ...

... Kurosaki-sensei?

Hosono-sensei ...

Aah!

Guten Abend!

Er ist immer so hilfsbereit ...

Da kann ich nicht einfach ablehnen.

Die anderen Lehrer hab ich auch eingeladen.

Hier ist ihr Bier!

Tut mir leid, ich hab sie warten lassen.

Hier gibt es Sake!

Ich will nach Hause!

TIPP

TIPP

Sie ist auf einem guten Weg.

Sie nimmt es ziemlich ernst.

Wie wär's mit einer Bar, falls Sie mal wieder Zeit haben?

Was trinken Sie denn gern?

Das hier ...

... ist ein Stammladen von mir.

Ich fall gleich mit der Tür ins Haus, was? Ha ha ha ...

STARR

Zu dieser Uhrzeit haben wir immer über unseren Tag gequatscht.

Ob sich Sei auch gerade etwas zu Essen macht?

PIII

PIII

PIII

RUCK

Ach, ist ja auch egal.

PING♪

FLUPP
FLUPP

Ich will nach Hause!

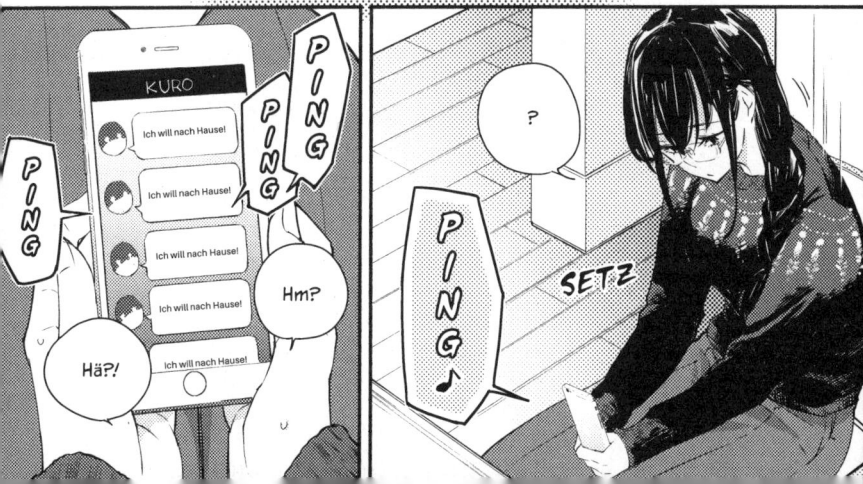

KURO

Ich will nach Hause!

Ich will nach Hause!

Ich will nach Hause!

Ich will nach Hause!

Ich will nach Hause!

PING

PING

PING

PING

Hm?

Hä?!

?

PING♪

SETZ

KNUUURR

Oh ja, dich hab ich echt gern! ♥

DRÜCK ♥

I... Ich wollte vorhin noch was essen, okay?!

Ah ja! Ist ja Zeit fürs Abendessen.

SCHÄM.

Was ist los? Komm doch mit rein!

Ich hab auch noch nichts gegessen.

KLACK

TAPP

TAPP

Das machst du echt gut!

Ich frag mich, ob ich das in deinem Alter auch gekonnt hätte!

Ich schneid doch bloß Gemüse.

STARR

TOCK TOCK
TOCK
TOCK

Ich hab bloß ein paar Gemüsereste ...

Was machen wir jetzt?

KRAM

WÜHL

Ramen

Ich bin oft allein zu Hause.

Das hab ich mir selbst beigebracht.

Ich bin Einzelkind ...

... und meine Mutter kommt oft spät von der Arbeit heim.

Mein Vater hat eine neue Stelle im Ausland. Er kommt vielleicht einmal im Jahr nach Hause.

Hat sie gelacht?

Pff!

BLUSH

Du hast ganz schön viel von dir erzählt!

Guten Appetit! ♥

Hier sind alle möglichen Gewürze, bedien dich!

... dass ich meine alte Liebe von damals ...

FLAPP

STREICH

Aber ich konnte ihm nicht sagen ...

... immer noch nicht vergessen kann ...

Was?

Jetzt schon?!

... und gehe jetzt!

... Aufräumen fertig ...

I...

Ich bin mit ...

KLAPPER

HUH?!

SCHOCK

ZUCK

Sie hat ...
geheiratet?

Haah!

Ich kann
ihr nicht mal
mehr nah
sein ...

... aber
meine Er-
innerungen
an sie ...

Und
dir darf
ich ...

... werden
mich immer
begleiten. Ist
das nicht be-
scheuert?

... auch
nicht ...

... nah
sein ...

PLATSCH

... und lasse mich trotzdem widerstandslos darauf ein.

Ich darf das nicht ...

Yoru ...

Ich wusste nicht, ob ich dich wecken sollte.

FLUPP

FLUPP

Verdammt!

Ich bin eingeschlafen!

TAPP

TAPP

TAPP

Sorry für die Störung!

Huch?!

WUUUSCH

Nein, das war heute wirklich ...

Warte doch mal!

Kapitel

⟨8⟩

Sag mal ... Du gehst mir doch eindeutig ...

... aus dem Weg!

Warte!

Nö, tu ich nicht.

Nein.

Ich hab gedacht, wir würden wieder miteinander klarkommen.

Ist irgendwas?

Magst du mich ...

... nicht mehr?

Es fühlt sich echt komisch an, wenn ich bei dir bin!

Hör auf. Nicht hier, bitte.

Ich rede mit dir! Antworte!

... wollte nicht, dass ...

Ich ...

Was ist denn los? Warum verhältst du dich so komisch?

... so distanziert ...

... bist du irgendwie ...

Seitdem diese Schülerin von der Seika mit dir gesprochen hat ...

Oh!

BING
BING
BIING ♪
BING
BIIING ♪

POCH
POCH

Du bist doch die ... äh ... Freundin von Aya, von der Konoe!

SCHRECK

Häää? Das ist ja ein krasser Zufall!

Das Mädchen von der Seika ...

Hm?

Bist heute gar nicht mit Aya unterwegs?

Haruki, oder? Ich erinnere mich.

... in meinen
Mathelehrer
verliebt ...

SCHÄM

Im
Ernst ...

Sie wür-
den sich
über mich
lustig
machen.

Das
ist me-
gapein-
lich ...

Uuuh ...!

Hm?

Oh Mann ...
Ich erzähle
das zum
ersten Mal.

Das kann
ich ihnen
nicht er-
zählen!

Dann
solltest
du so was
doch dei-
nen Freun-
den ...

Das ist
toll ...

... wenn man einfach so ...

... Gefühle für jemanden haben kann.

Er heißt Hosono ♥

Und ich kann nur andere wütend machen ...

SEUFZ

Ich gehöre zu den zehn Besten des Jahrgangs!

Das Schülerranking ist da!

Aya!

BANG

Ich kann auf die Konoe gehen!

Ich will, das alles ...

... wieder wie früher ist, als wir keine Probleme hatten ...

PATT

Super.

STREICH

... auf dieselbe High-school ...

He he ...

STREICH

Aber ich will mit dir ...

... da ist noch diese Kurosaki-sensei ...

Aber ...

Moment ...

Du sagtest, sie sei eine Bekannte von Aya, oder?

Kuro ...

...saki ...

Kurosaki ...

»Kuro« ...

Ich dachte erst, ich könnte mit ihm was essen gehen ...

... aber dann hat Kurosaki ihn mir weggeschnappt.

Genau die meine ich.

Im öffentlichen Dienst ...

... weiblich ...

Moment ...!

Ist das Zufall?

Das scheint alles zu passen ...

Ich hab das Bild nur kurz angesehen und wusste sofort, dass es Aya war.

... mein Blazer ...

Kalt ...!

Wo ist denn ...

BANG

BANG

BANG

ZUCK

Du brauchst doch gar nicht klopfen ...

... wenn du sowieso reinkommst!

Hah ...

Ich dachte eigentlich, ich hätte dir gesagt ...

... dass du dich bitte zurücknehmen sollst!

PACK

PATSCH

PRESS

Hör
auf!

Hah ...

Hah ...

Hah ...

Wenn du
nicht sofort
aufhörst, war's
das mit uns!

... melancho-
lisch aus.

Aya sieht
immer so ...

Als wäre sie
lebensmüde.

Ich hab es
früher ge-
mocht ...

... sie einfach
nur anzusehen
und vor mich
zu träumen.

WISCH

Aber die
Zeiten, in
denen das
noch mög-
lich war ...

... sind
längst
vorbei.

KRAM

Ich muss ...

... Kurosaki ...

... direkt
konfrontieren.

ROLL

KLACK

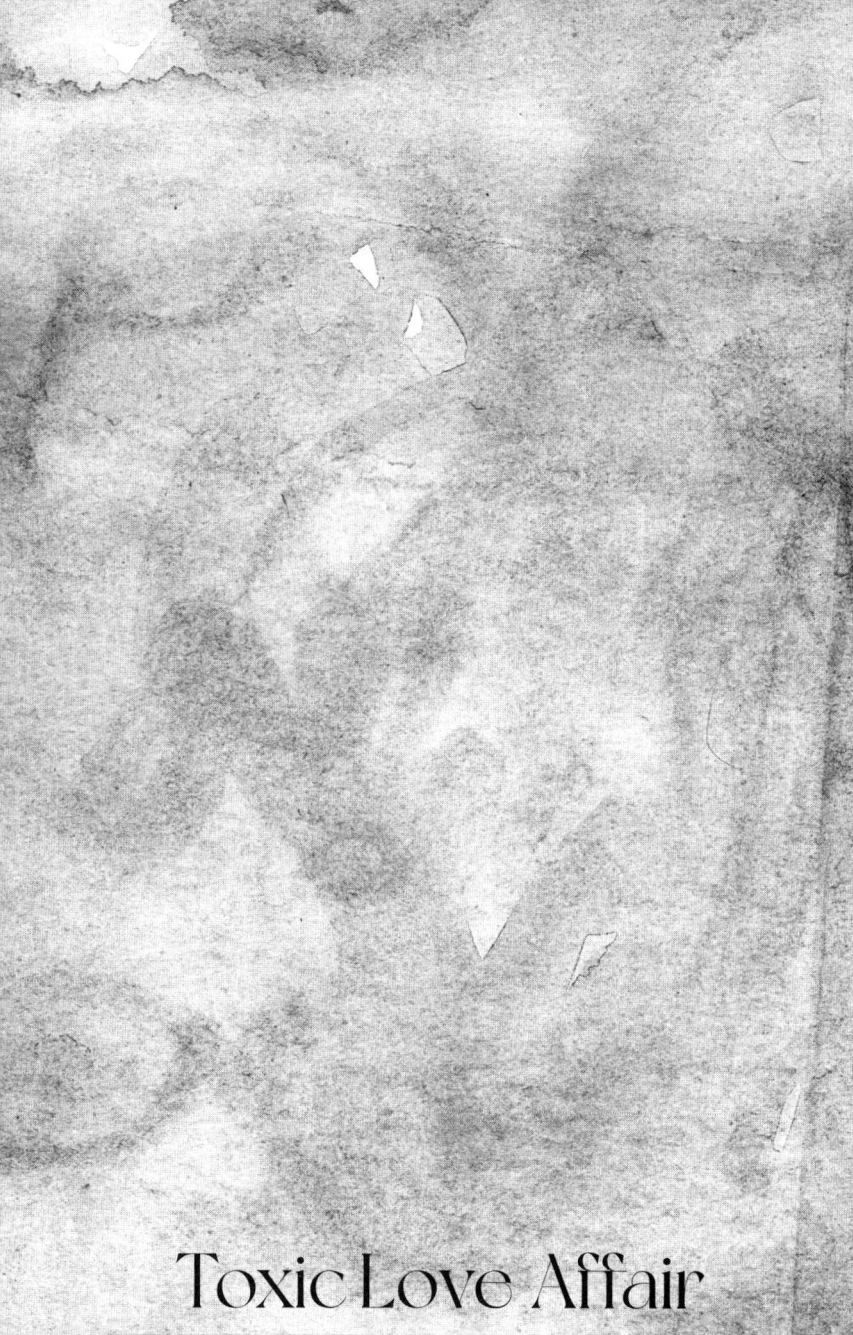

Toxic Love Affair

Toxic Love Affair

GRINS ♥

Oh Gott ...

RÄUSPER

Unser Eid ...

... werde ich mich verhaspeln ...

Wenn ich sie anschaue ...

WUPP

S...

Sorry!

Ist schon okay!

... darum tue ich dir mit unsensiblen Worten weh, glaube ich.

Ich verstehe das alles nicht ...

Du machst es echt nicht besser, wenn du es mir so oft sagst.

...

Mein Ausse-hen ...

Ist das ... alles?

Dein Gesicht, deine Haare ...

Sie macht sich Gedanken um mich.

Das freut mich.

... und mei-ne größte Schwäche?

Ah ...!

BLUSH

... und wie du so viel Pech mit Männern hast.

Was magst du denn an mir?

Es macht
mir nichts aus,
wenn ich bei dir
nicht an erster
Stelle stehe!

Ist das
wirklich
schon acht
Jahre her?

Hach ...

Ja!

Willst du dich nicht erst mal setzen ...

Du bist also dahintergekommen?

Hm?

Wie denn das?

Drücken Sie bitte den Knopf, wenn Sie sich für etwas entschieden haben.

... Haruki?

...

Ich will
dich ...

... nur eins
fragen.

...

Warum ...

Na
ja ...

... hast du
mir dieses
Foto ge-
schickt?

Und dann stürmst du hier noch so rein, nachdem ich dir das Foto geschickt hab.

Wolltest du mich damit testen?

Dann lief es ja genau wie erwartet!

Na ja, ist doch nicht normal, dass du mir ...

... von Ayas Handy geschrieben hast, oder?

Ich glaub nicht, dass sie sich so viel aus mir macht.

Ehrlich gesagt ...

... hätte ich nicht gedacht, dass es jemanden gibt, dem Aya so wichtig ist.

Wenn du sowieso herumschnüffelst und alles herausfindest ...

... brauche ich dir ja gar nichts erzählen.

Wenn das alles nicht passiert wäre ...

... hätten wir unser Leben lang einfach beste Freundinnen bleiben können.

Da hast du dich geirrt.

Du dachtest wohl, dass du sie nur für dich haben könntest, was?

Doch dann ...

... wird dir Aya plötzlich von einer wildfremden Frau weggeschnappt ...

... die auch noch Nacktfotos von ihr macht ...

KRACK

Du bist es nicht mal wert ...

Aya war völlig ahnungslos und du hast das ausgenutzt.

... dass ich mich ...

... so aufrege.

Du bist ein manipulatives Miststück!

Entschuldigen Sie ...

... aber der Tisch ist Restauranteigentum ...

Hör auf, dich mit Aya zu treffen!

Ich sag's dir nicht noch mal.

Schon gut.

Tut mir leid.

Für den Schaden werde ich aufkommen.

Ich werde das gleich aufwischen.

PLITSCH

PLITSCH

Sind Sie zu Hause?

Sei Kuro-saki?

Ich habe ein Paket!

DING DONG

KLACK

Darf ich ... unterschreiben und es annehmen?

KLACK

War sicher okay.

Ich hab es einfach angenommen ...

Ah ...

So...

Sorry, dass ich störe ...

FUCHTEL
FUCHTEL
FUCHTEL
FUCHTEL
FUCHTEL

... du hast ja gesagt, dass ich immer kommen könne ...

Das hat also nichts weiter zu bedeuten!

... also ha... hab ich Essen gemacht.

Ah! Ich hatte nichts weiter zu tun ...

Also ...

Ähm ...

Ich wollte nicht nach Hause ...

... und ...

Dein Essen ist in der Küche. Ich wollte schon heim ...

Es war schon spät, darum hab ich schon gegessen.

RATSCH

Oh ...!

... das hier benutzen.

Beim nächsten Mal kannst du ...

Ich freue mich ...

Okay ...

Danke.

... dass du da bist.

... mit meiner besten Freundin ...

Ich hab mich ...

... ge-stritten.

... hätte ich ihre Anwesenheit im anderen Haus gespürt, selbst bei geschlossenen Vorhängen.

Irgendwie beängstigend. Ich will nicht heim!

Wenn ich nach Hause gegangen wäre ...

Du kannst dich ruhig auf mich verlassen.

Wir gehen auf dieselbe Schule.

Ich wollte heute schwänzen, aber dann wäre ich die Schwächere gewesen.

Aya!

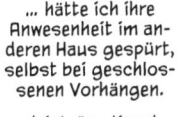

MURMEL MURMEL

DRÖP

Kapitel

◇10◇

Meinst du Sei?

Hm ...

Hm ...

...!

Die ist wohl irgendwo mit Yoru unterwegs.

Ach so. Ich muss mit ihr etwas besprechen ...

Hah ...

Hah ...!

Sei ...

SCHMATZ

Hah ...

Hah ...

STREICHEL

Yoru ...

Puuh ...

Uh ...

Uuuh ...

Wenn wir jetzt weitermachen ...

STREIF

... kommen doch bloß die Erinnerungen wieder hoch.

...!

Was ist los?

DRÜCK

Ach, nichts.

Aya ...

Zieh mich aus ...

Ich hab für sie ...

... so viel empfunden ...

... aber alles ist schiefgegangen.

Ah!

Das wollte ich gar nicht laut sagen ...

Vergiss, was ich gesagt habe!

... aber es lief ...

... alles ins Leere.

Yoru hat sich auf mich eingelassen ...

Ich habe sie ...

Hör auf
zu weinen!

Du sollst
aufhören
zu weinen!

In letzter
Zeit denke
ich oft ...

Wie oft
denn
noch?!

... an die
Highschool
zurück.

POCH

POCH

POCH

Es kom-
men immer
wieder ...

Zieh mich
da bitte
nicht ...

Immer
wieder, wie
bei einer
Platte,
die einen
Sprung
hat.

... mit
rein ...

... bruch-
stückhaft
die gleichen
Szenen
hoch ...

POCH

SCHUBS

PACK

Mach's
mir ...

Mach ...

...
schnell
...

Du musst
mich nicht
fragen.

Hm ...

Darf ich
dich an-
fassen?

Ja ...

LECK

STREICH

Hah ...

REIB

Hah ...

REIB

Hm
...?

Hah ...

Hah...

Du bist
total ...

... feucht ...

Weil ...
Weil ...

GLITSCH

GLITSCH

...

Yoru ...

... du warst ...
... für mich immer die Nummer eins!
Hah!
KNARR
Yoru ...
STÖHN
Hah!
STÖHN
Hah!
DRÜCK
KNARR
Yoru ...
KNARR
Yoru ...
Hah!
Jetzt geht das wieder los ...
Hah!
Hah!
Yo...
Fuuh ...
Fuuh ...

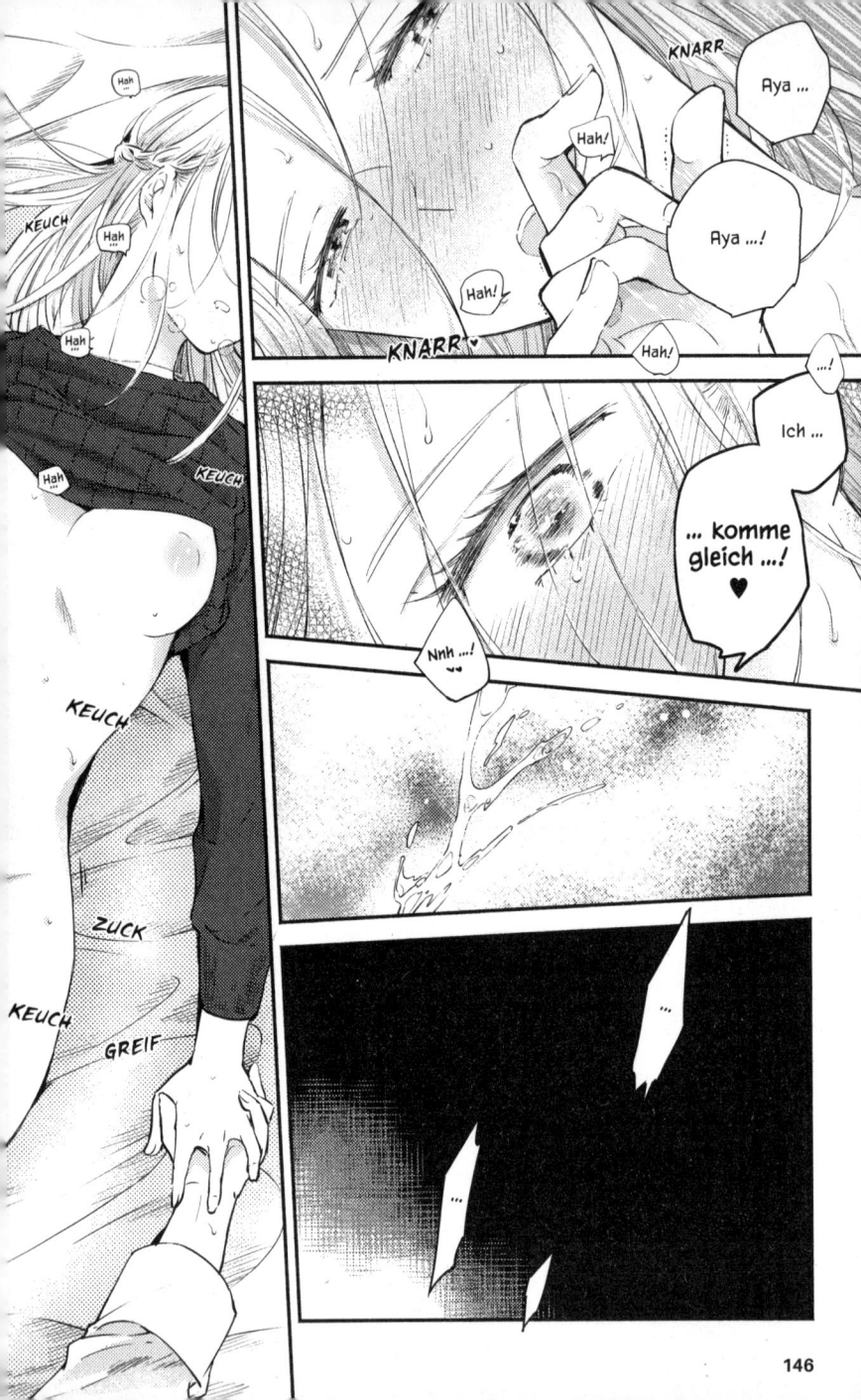

146

*Ich fühle
mich ...*

*... befriedigt
und unbe-
friedigt ...*

... zugleich ...

Gehst du
schon?

Du musst
nicht ge-
hen!

... vielleicht nicht endlos machen werde?

... dass ich das hier ...

Hast du jemals darüber nachgedacht ...

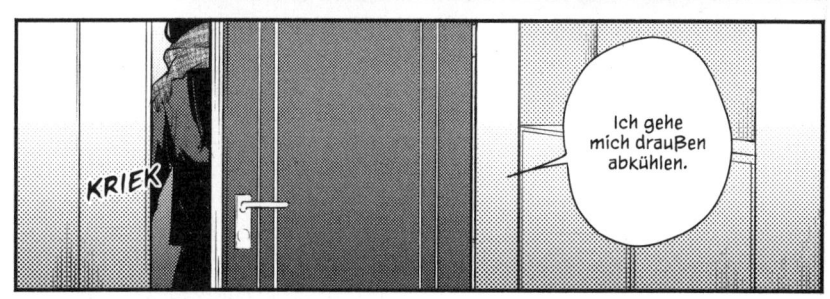

KRIEK

Ich gehe mich draußen abkühlen.

Wer ist das?

Jemand aus der High-school-Zeit?

Bei mir hat sich ewig kei-ner mehr gemeldet ...

PING ♪

Für die Liebe ...

... gibt es klare Regeln ...

... und man sollte sich genau über- legen ...

... welchen Partner man wählt ...

Es gibt
kein Zurück
mehr.

Ich
stecke
zu tief
drin ...

Auch wenn du keine Möglichkeit hast, sie zu kontaktie- ren ...

... aber jedes Mal, wenn wir beieinander waren, ver- stand ich es ein bisschen besser.

Ich hab's zuerst nicht kapiert ...

Hah ...

Hah ...

... immer
noch ...

... darauf
warten ...

... dass
alles wie-
der wie
früher
wird.

... und
sie keine
Gefühle
für dich
hat ...

... wirst
du auch
Jahre
später ...

... und auch,
wenn Yoru
geheiratet
hat ...

Fujih

Und
wenn das
passiert
...

Hah ...

Hah ...

... gibt es für
mich keinen
Platz mehr in
deinem Leben.

Sei?

Fortsetzung folgt

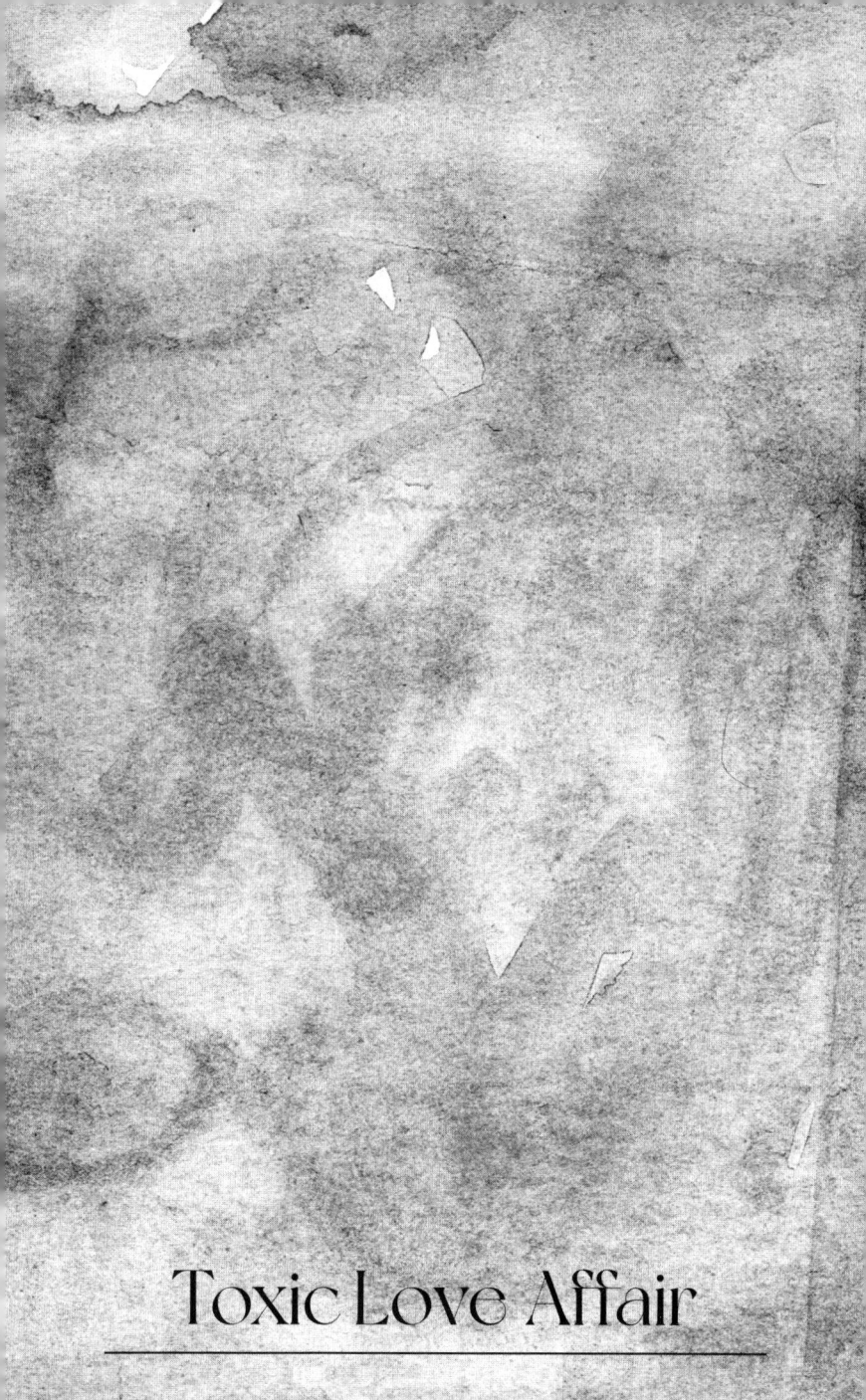

Toxic Love Affair

FLOWERCHILD

Ich hab mal ungefähr zehn ver-
schiedene One-Shot-Stories gezeichnet, die alle in Manga-Magazinen
für Erwachsene erscheinen sollten.
Bei jedem One Shot habe ich un-
fassbar viel neu gezeichnet und
auch immer wieder an meinem Stil
gefeilt: Wie die Panels verlaufen,
wie die Frauenkörper im Verhältnis
zueinander wirken und so weiter ...
Es war echt mühsam, aber ich
glaube, dass ich mir so letztlich
die Grundlagen für meine Manga
angeeignet habe.

Toxic Love-Kindergarten Teil 2

Toxic Love Kindergarten – Ende

Es gibt zwar einen Projektnamen, aber ich sollte mich mal für einen richtigen Manga-Titel entscheiden.

Heute erzähle ich euch, wie es zum Namen dieses Mangas kam.

Ich bin's, FLOWERCHILD! Danke, dass ihr euch den zweiten Band gekauft habt!

Wie es zum Titel

Toxic Love Affair

kam ...

Okay!

Sei als Redakteurin

Aya als FLOWERCHILD

Ich konnte den Namen nicht mehr aus meinem Kopf streichen ...

... und durfte für den neuen Namen nicht zu lange überlegen.

Folg einfach deinem Instinkt!

Den Titel anzupassen war leichter gesagt als getan!

Okay!

Der Name ist gut ...

... aber etwas lang. Wir ändern den noch mal.

In Band eins habe ich schon erzählt, dass der Manga wie ein Dojinshi* werden soll.

Kurosaki öffnet die Tür der Lust, doch dahinter befindet sich ein stockdunkles Zimmer

KLACK
KLACK

Halt durch! Du schaffst das schon!

Das wird doch nix!

FLENN

Aaah ...

»Abuse«?

»Game«?

»Thirst«?

Ganz schön billig!

Lassen wir erst mal diese Dojinshi-Sache sein ...

Nimm Wörter, die einen beunruhigen!

Hmmm ...

Wie ein Dojinshi-Name, aber kürzer!

Ich hatte dutzende Namen ...

Versuch, nur drei zu benutzen!

Das ging fast zwei Monate so ...

DOOONG

Aber mir fiel einfach nichts ein!

DOOONG

*Fanzine

»Toxic« ...

Es gibt da ein Wort, dass mir die ganze Zeit durch den Kopf geistert.

Das ist es!

Ah!

Komm schon! Warum fällt mir kein Name ein? Ich hasse es!

Ein Wort, das ...

... ungesunde Beziehungen beschreibt ...

Wie wäre es mit »Let's Be Toxic«?

Ich sollte es ein bisschen direkter machen ...

Aber ich war davon total inspiriert, also machte ich weiter!

Ich hätte heulen können und legte das Wort erst mal beiseite.

Aber das schien nicht so gut in Verbindung mit den anderen Wörtern zu klingen ...

»Toxic« ...

Ja, das ist gut!

»Toxic« ...

»Toxic« ...

WUPP

KLACK

KLACK

Toxic Relationship

Und so weiter ...

Ääääähm ...

Toxic Friends

Und so weiter ...

Jepp!

Ich bin froh, dass wir so einen tollen Namen gefunden haben!

Und so wurde daraus schließlich Toxic Love Affair ...

Endlich bin ich dieses Problem los ...

Hallo, Herr Chefredakteur!

Also teilten wir den Namen dem Chefredakteur mit.

Wie klingt »Toxic Love Affair«?

Yuri Hime

Das ist gut! Aber vielleicht noch ein klein wenig ändern ...

Wie wäre es mit »Toxilo« als Abkürzung?

?!

Juhuuu! Jippieee!

Chefredakteur

Oooh!

TOKYOPOP GmbH
Hamburg

TOKYOPOP
2. Auflage, 2022
Deutsche Ausgabe/German Edition
© TOKYOPOP GmbH, Hamburg 2021
Aus dem Japanischen von Sascha Mandler

© 2020 FLOWERCHILD.
All rights reserved.
First published in Japan in 2020 by Ichijinsha Inc., Tokyo.
Publication rights for this German edition arranged
through Kodansha Ltd., Tokyo.

Redaktion: Lisa Duty
Lettering: Vibrant Publishing Studio
Herstellung: Shujun Wong
Druck und buchbinderische Verarbeitung:
CPI – Clausen & Bosse GmbH, Leck
Printed in Germany

ISBN 978-3-8420-7004-2